人民文学出版社
天天出版社

金雨滴

张之路 著

图书在版编目（CIP）数据

金雨滴 / 张之路著. －－ 北京：天天出版社,2018.5
ISBN 978-7-5016-1359-5

Ⅰ.①金… Ⅱ.①张… Ⅲ.①科学幻想小说－中国－当代 Ⅳ.①I247.5

中国版本图书馆CIP数据核字(2017)第324590号

责任编辑： 韩 璐 张菱儿 　　　　**美术编辑：** 罗曦婷
责任印制： 康远超 张 璞

出版发行： 天天出版社有限责任公司
地址： 北京市东城区东中街 42 号 　　　　**邮编：** 100027
市场部： 010－64169902 　　　　**传真：** 010－64169902
网址： http://www.tiantianpublishing.com
邮箱： tiantiancbs@163.com

印刷： 天津市豪迈印务有限公司 　　　　**经销：** 全国新华书店等
开本： 880×1230　1/32 　　　　**印张：** 5
版次： 2018 年 5 月北京第 1 版 　　**印次：** 2018 年 5 月第 1 次印刷
字数： 71 千字 　　　　**印数：** 1-30,300 册

书号： 978-7-5016-1359-5 　　　　**定价：** 25.00 元

2004 年，夏威夷街头

目录

目录

第一章

告别

　　老张有辆自行车，现在用不大着了，家里有了小汽车，还有电动车。

　　老张是个很重情义的人。有一天，他在家里给自行车搞了一个隆重的告别仪式。

　　书桌前摆着那辆擦拭得很干净，还有六成新的凤凰牌男车。桌上摆着一盆蓝色的矢车菊，旁边还有墨笔书写的横幅："遇见和幸福"。

　　据说这句话是矢车菊的花语。老张觉得他和眼前的自行车的关系就是——遇见和幸福。老张喜欢自行车，也懂得自行车。如果有钱的话，他一定会成为自行车收藏家。可惜他没有那么多钱。学生、邮递员、技术员……小张、大张、老张，一路走来，走到将要退休……老张学名叫张立平。叫张立平的人成千上万，我们的张立平是热爱自行车的张立平。

　　微风拂动着窗帘，房间里居然有了些肃穆的气氛。

　　女儿走了过来，看看自行车，又看看父亲："爸，

您还真的搞仪式呀？"

"你不来参加一下吗？"老张说——声音里全
是真情实意。

女儿还没说话，妻子插嘴说："你说你爸是不
是有病呀？"

女儿说："妈，这不叫有病，我爸这叫有情怀。"

为了保护老张的情怀，妻子和女儿在老张身
边站了一会儿，听老张嘴里念念有词。最后看着
老张给自行车鞠了三个躬，又用双手握住自行车
的车把小愣了一会儿。那一刻，女儿和妻子都有
些感动——看得出来，老张对这辆自行车是真有
感情啊！

仪式结束了，妻子问："你这个朋友是准备送
人呀，还是卖掉呀？"

老张瞪圆了眼睛："你说什么呢？好朋友能送
人吗？好朋友能卖吗？"

"你又不卖，又不送人，你搞哪门子告别仪
式？"妻子歪着头，这是她生气的时候最和缓的

神态。老张回答不出来——这世界上许多的事情是没有答案的。就那样做了，原因却不清楚。

"不要再放在院子里了……"老张低声但还是很坚定地说。

"好！家里就这么大地方，你的好朋友是放在卧室呀，还是放在厨房呀？"妻子的生气有点升级。

"您就让我爸随便吧——"女儿是个在校的大学生。

自行车被放在了楼道里，老张用一条红色的丝带把自行车的大梁绑在楼梯的扶手上，那自行车车头朝下，车尾朝上，一副要冲下楼梯的姿态。

"这还不如放在院子里平稳呢。"妻子小声反对。

"哈！猛虎下山——"女儿小支持。

第二章

失踪

第二天早晨，当老张打开房门的时候，自行车不见了。"猛虎"真的下山了，绑自行车的红丝带也没有了。

这个自行车是有锁的，钥匙现在就在老张的手里。放院子里没有丢，放到八楼自家门口却丢了。楼梯拐角顿时显得宽敞。老张的心却一下子沉了下去。昨天是惆怅和温馨，现在心里忽然变得空空荡荡。

妻子说她没有动过，女儿说她也没有动过。

"你非要搞个什么告别仪式，听着就不吉利，现在真的告别了。"妻子有先见之明。

老张没有说话，心想，要是昨天仪式的名字叫"退休"仪式就好了。

下了楼，老张在小区里转了一圈，没有发现他的自行车。现在偷车的人已经极少了，自己的车怎么还会丢呢？除非是被别人惦记上了。话说回来，又不是名贵的车，那种普通的车有什么可惦记的呢？

　　老张立刻想到了立新桥旁边的信托商店。那商店里就有二手名牌自行车的交易，门外更是普通自行车的买卖市场，一百块钱到几百块钱的自行车都有，当然，是不是正道来的那就不能保证了。如果真是有人偷了自己的自行车，第一时间就会到这类地方销赃。马上赶过去看看，说不定就会遇见。

　　"吃了早饭再走。"妻子说。

　　"我不饿。"老张身不由己地走下楼梯。说身不由己，其实就是有点灵魂出窍的感觉。

　　"找不着就算了，一二百块钱的事情，着急不值得——"妻子说得句句在理，可就是进不到老张的心里。那不是钱的事儿……

　　走在大街上，老张看见刚经营半年的共享单车已经成为了一道耀眼的风景。

　　放眼望去，视力所及，小黄车几乎没有间断。小黄车的公司给小黄车起名叫"ofo"。聪明呀！

大家都知道不明飞行物的名字叫 UFO——多少年了！现在就改一个字母，念起来相差无几。UFO等于提前多少年就给小黄车做了广告，好记！响亮！还有，这三个英文字母，两个"o"就像两个车轮，中间的"f"就像一个人在骑车……

大街上，除了小黄车，还有小蓝车，还有小橙车。小橙车的名字叫摩拜，听起来也不错，就是标记不如小黄车显眼。这些车的名字，洋味儿的居多。只有一种用传统的名字——永安行，颜色也稍微含蓄一些……这些共享单车在街上越来越多，就像青春靓丽的少男少女，活力四射，招人喜爱。

俗话说得好："但见新人笑，不见旧人哭。"

看看路口，看看桥下，那些旧式的老自行车与小彩车们并排站在一起，真是无地自容。有主人的还好，没有主人的就惨了，有的车又脏又破，甚至倒在地上，锈迹斑斑，僵尸一般。它们原本都是有主人的，沦落到如此地步，必然历经坎坷。

如果它们会说话，一定都有段辛酸的故事。

老式的旧车和小彩车们从出生那天起似乎就担负着不同的使命，老车的灰暗颜色就预示着它们将默默无闻、辛苦坚忍。与它们的主人一样——活着就是养家糊口，工作、责任、负担……劳苦一生。而小彩车们则代表着轻松、愉快、时尚和快乐。

老车就像父母，小彩车就像子女。更确切地说，它们是完完全全的隔辈人，隔代车。

老张从邮电学校毕业来到邮电所工作，遇到的第一个同事就是主任的女儿小茜，那时候老张也被叫作小张。小张十八岁，小茜也十八岁！

他们都当邮递员。小茜分配到了一辆凤凰牌自行车，小张分配到了一辆永久牌自行车。那是二十世纪八十年代，能有一辆自行车，是多么稀罕和幸运的事情呀！虽说是工作需要，但毕竟是归自己支配呀！那辆永久牌自行车虽然牌子是"永

久"，但是通身都是邮政的绿颜色，上面还有"中
国邮政"的字样。而那辆凤凰牌自行车却和普通
的凤凰车一个样，不是邮局绿，而是黑色，身上
也没有"中国邮政"的字样，却有一只彩色的凤凰。
虽说只有六成新，但是小张宁可不要新的"永久"，
也想要那辆旧的"凤凰"。对于一个小青年来讲，
原因是显而易见的。

　　为什么那辆凤凰牌自行车没有邮局的绿颜色
呢？因为那辆车来历特殊。

　　小茜的父亲当邮递员的时候，经常给一位外
国老先生投送信件和包裹。那老先生也骑自行车，
是一辆中国生产的凤凰牌自行车。有一天，这位
外国老人来到邮局，把自行车推到小茜的父亲跟
前说，他要回国了，这辆自行车就送给小茜的爸
爸——是感谢，也是纪念。小茜的爸爸连说送信
是自己的工作，这么贵重的礼物万万不能收！小
茜爸爸又说："你可以卖了呀！"外国老人摇头说：
"实在不行就送给邮电所吧。"

推辞再三，没有办法，这"凤凰"就放到了邮电所的大厅里。

邮电所有了这样一辆自行车，既不是公家的，也不是私人的，摆在那里，还弄一圈红丝绳围着，成了邮电所获得的"国际荣誉"。有人问起来，就说是国际友人赠送的！为什么送？因为邮电所职工都像雷锋一样乐于助人……

时间久了，没有人再把国际友人送的自行车当回大事了。

热乎劲儿过去了，放着也是放着，邮递员送信的时候，它也成了出征的一员，还成了大家抢着要的香饽饽。于是邮电所决定也把这辆车分配给新来的职工。

车子分给小茜骑，小张很是羡慕。

……

想着想着，老张来到信托商店，还没有进门，就看见三三两两的人推着车四处寻找买主，在路边讨价还价。老张的心不由得紧张起来。他默默地提醒自己，万一遇到了自己丢的车，不要着急，先问问价格，如果便宜就花钱买下来。一二百块钱的东西，报警都怕对不起警察的时间。

第三章

春
树

信托商店的门口站着一个少年，一副中学生的模样。

有点面熟，好像在哪里见过。老张看他的时候，少年也正微笑地看着老张。老张不由得咧咧嘴，报以微笑。于是少年的表情也更加丰富……人与人之间的关系说复杂真复杂，说简单也真简单。相互一看，微笑之间，温暖油然而生。

老张不由得朝门口走去。

"叔叔您好——"少年客气地打招呼，他穿着一身工作服，就像是信托商店迎宾的业务员。

"你好——"老张摇摇手。

"您需要帮忙吗？"少年热情地问。

眼前这个质朴而面善的孩子应该在教室里上课，而不是在街头或商场招摇。

"小伙子，你是做什么的？不上学了吗？"老张问。

少年的脸浮上红晕，他指指左面衣袖上的图案："我是时光自行车招领中心的志愿者。"

老张定睛一看，只见少年左臂衣袖上面有个小小的丝绣自行车图案，简洁而灵动。老张看着眼熟，啊——想起来了，也曾有这样一个"自行车"绣在自己穿过的一件衣服上……

"自行车招领中心？"老张没有听说过这样一个单位。以前或许有过，现在没有了，它被归在全市唯一的一个失物招领中心了。

"你是说自行车招领中心？"老张又问了一遍。

少年微笑着："是的——时光自行车招领中心！"

如今谣言多，骗子多，五花八门的事情也多，于是老张想得也不能不多。少年既然是失物招领中心的志愿者，站在这里做什么？

老张对少年说："昨天夜里我的自行车丢了，凤凰28男车，黑色的，差不多有六成新。能帮我找找吗？"

少年的眼睛亮了："您算找对人了，这正是我们的工作！"

  太神奇了——少年仿佛就是专门迎接自己的使者。老张不相信世界上会有这样的好事情。

  "怎么找？"老张将信将疑。

  少年点点头："我先陪您转转……"

  少年跟着老张在信托商店门前买卖自行车的人群中转了一圈，又在店里停放自行车的地方看了一下，都没有发现老张的凤凰车。

  "放心吧！您的车会找到的。"少年很诚恳地说。这话给老张带来不少安慰。

  "你每天就这样带人找车吗？"老张问。

  少年摇摇头："如果遇到真心找自己车的人，我就引导他们到自行车招领中心看看。"

  少年领着老张走到路边，用手机打开两辆小

黄车的车锁，很贴心地说："我们骑车去吧！大约六站地的路程。"

看少年这样专业和敬业，老张紧张的心放松下来。

老张第一次骑这种共享单车，还能想着不明飞行物，很高兴，很兴奋，穿过一条林荫道的时候，居然让他有种回归少年的感觉。

一瞬间，他忽然生出幻觉，路边也是落满金黄的银杏树叶，他也是和一个朋友并排骑着自行车……此情此景，梦里见过一样！只是骑的车子不一样。他看看少年，真的好像在哪里见过。

"你叫什么名字？"

"我叫春树——"

时
光

　　林荫道的尽头，少年指着前方一个半球形的拱顶对老张说："到了。"

　　半球形的拱顶好似天文馆里天象厅的屋顶，但不是黑色也不是银色，而是绿色，看起来非常舒服。

　　走到正门，只看见大门的门楣上用楷书的笔体写着：

　　时光自行车招领中心。

　　拾级而上，走进大门，这里的环境不像什么

失物招领中心，倒像是银行的营业大厅，不但环境宽敞气派，窗明几净，营业人员也是西装革履，态度和蔼。

这里哪像个自行车常来常往的地方。老张怀疑他们走错了地方。

"就是这里——"少年春树向老张点点头。

老张跟着春树四处参观。

"中心"共分三个部分，第一部分是展示厅。这里存放的自行车都是准备被人认领的，每一辆都擦拭得干干净净。只见车身上，无论是哪个部件，也无论是金银铜铁还是合金，都发出各自独特的光泽。它们一排排整齐地排列在特制的车架上，虽然颜色不同，款式不同，生产的年代也不同，其中还有许多国外的名牌车，但它们都被整齐地集合在一起，就像一个民兵方阵，虽然服饰和装备不同，但是目标一致，雄赳赳，气昂昂，蔚为壮观！

老张不由得长长叹息一声：这世界上，无论

什么事情，只要做到极致，都是一道风景啊！

走走停停，不断有让老张感兴趣的自行车出现在眼前。

拐过一个柱子，老张惊讶地发现了一辆英国早年生产的三枪牌自行车。于是停下脚步，呆呆地观望。这家公司的前身是一家生产武器的公司，在第一次世界大战后他们用生产武器的优质钢材生产自行车。这辆车以三支竖立起来的枪做标志，喻意着不再打仗，和平相处。

听说这种车现在花几万元也买不到。以前他只在网上看到过，如今在这里居然可以见到真身，真是三生有幸。那辆车有八成新，也不知道是什么年代生产的。

"你们这儿都是名贵的自行车，我的车不会在这里吧？"老张忍不住问春树。

"也不一定都是名牌车，这里主要收集有故事的车。"春树回答。

"有故事的车？"听见这话，老张心中一动，"什么叫'有故事的车'呀？"

"叔叔，我们到'识别厅'去看看吧。您一看就明白什么叫'有故事的车'了。"

老张恋恋不舍地离开展示厅，来到第二部分的"识别厅"。春树介绍说，这是"中心"最重要的也是最关键的部分。

一台台两米高、一米宽，提款机模样的机器被透明的塑料板隔开，成为一个个独立的小区域，不是怕互相看见，而是怕互相听见。需要认领自行车的人就对着机器的拾音话筒说话。

少年告诉老张，认领自行车的人，要在机器前先报出车的牌子、型号。比如简单地说，凤凰、28男车……然后讲一个本人与认领的自行车之间发生的故事。机器经过识别，最后确认车辆是不是属于那个人的。如果是，主人就可以把车领走。

"能有这事儿？"老张觉得不可思议。

少年点点头。

"不是靠密码识别，而是靠语音识别？"老张又试探着问。

"严格地说是靠招领人讲的故事识别。"少年回答,"这里不是用金钱交易,而是用故事确认。"

"太离奇了——谁来判断这个故事是不是别人的,故事是不是瞎编的?"老张又问。

"这个系统的威力就在于此!"春树很自信。

"背后没有人为操作吗?"

"您是不是以为每台自动取款机里面都坐着一个人在数钱呀?"春树笑嘻嘻地说。

老张也意识到自己多虑了,对科技的发展太无知,于是半开玩笑地问:"这个机器叫什么?叫提车机吗?"

春树认真地回答说:"这个系统的名字叫'时光',它是连接人和车之间的神秘地带。这个地带看不见、摸不着,但它是真实存在的,它也是一种物质。"

老张有点听不明白了。最近总听人说,意识也是一种物质,或者什么暗物质……老张一窍不

通，但影影绰绰又觉得有点道理……

旁边的一台机器前，有人忽然喊叫起来。

大家急忙看去，只见这个人被两侧的塑料板夹在中间，动弹不得，很可笑的样子。春树急忙跑过去，从外面按下塑料板上的按钮。塑料板松开了，被夹住的人恢复了正常。这是位中年美女，风韵犹存，只是鼻子整得有些不自然。

春树恭敬地说："真对不起！机器有点故障，让您受惊了。"

中年美女整整衣服，嘴里小声咒骂着，一摇一晃地离开了。

熟悉这里规矩的人都知道，不是机器发生了故障，而是人发生了"故障"。这里对于假冒车主，故意欺骗，超过限度的招领者都会小小地惩罚一下。惩罚的方式就是两侧的塑料板忽然向中间合拢——夹不死也夹不伤，只是暂时被塑料板抱住而已。

千万不要低估"时光"的智商和能力。

"那你为什么还要向她道歉？"老张问春树。

"进门的说明上写得很清楚，但是贪便宜的人还是屡禁不止，之所以道歉是为了让他们还保持一点尊严。"

老张点点头，他很佩服"时光"制造者的理念。

春树让老张进到刚才美女的那台机器前面，打开美女的录音，老张听到了一段很好玩的故事。下面是中年美女的声音：

……展示厅里有辆德国生产的钻石牌的坤车，那是我们家的车！你们知道著名女作家张爱玲吧？张爱玲是我的亲姑姑。我爸就是她的亲弟弟，这辆车就是她送给我爸爸的。张爱玲曾经对我爸爸说："人生最得意处不在于升官发财，而是你在少年时，骑一辆脚踏车，转弯时小撒把，在人家的惊叫声中溅起一地的水花，意气扬扬地远去了……"

咔嚓一个声响之后，传来系统的模拟女声：
"张爱玲这段话属实，但与这辆车无关，更与你爸
无关！"

再接下来，就是美女被塑料板夹住，发出的
尖叫声。

老张不由得笑了，一边笑一边感叹："这位女
士能把张爱玲关于自行车的话找到，编进台词，
也是煞费苦心了。"

春树摇摇头说："每天来贪便宜的人都能说好
几个版本，又可气又好笑。比她好玩的有的是，
还有冒充英国女王的呢！"

老张问："有成功把车领走的吗？尤其是那边
的好车，名牌车？"

"当然有啊！我带您去看看。"春树领着老张
来到另一个塑料格子前面。

机器前面站着一位头发花白的老人。

少年把一个耳机递给老张，老张戴上耳机，
听见老人在慢慢地说：

第四章

时光

那是上世纪六十年代的一天，《北京晚报》上刊登了一条消息，人民艺术剧院要演出话剧，需要一辆三十年代或者四十年代生产的凤头车。提供人可以看话剧的彩排，还可以观看某一天的演出。看见这条消息，我欣喜若狂。人艺是我崇拜的殿堂，能和人艺的演员在一起，简直是做梦也想不到的事情。恰恰我家里有一辆墨绿色的28凤头车，带摩电灯、加快轴，还有气筒。我带着车子来到了人艺，见到了演员郑榕、蓝天野、董行佶、于是之，还见到了朱琳……他们都客气地说谢谢我……

演出的那天，我坐在台下，我的自行车在台上，我看着演员握住自行车的车把，拍着自行车的大梁，觉得他们就像握着我的手、拍着我的肩膀一样，温暖而实在……后来，我的车被人从家里抢走了……

　　机器里发出好听的嘟嘟嘟的声音，电脑模拟
的女声说：

　　故事属实，恭喜您找到自己的老朋友。请到
第三厅和朋友见面。

　　周围立刻热闹起来，春树、老张与许多人簇
拥在老人周围。

　　老人在服务员的搀扶下来到另一个大厅。春
树告诉老张，这个厅的名字叫"续缘厅"。

　　续缘厅有点像飞机场领取行李的地方，又像
迎接客人的地方。

　　随着绿灯的不停闪烁，墙上的一扇小门敞开
了，传送带无声地转动了起来。大约二十秒钟以
后，一辆墨绿色的自行车出现了。那辆车站在传
送带上，犹如一匹经过战争洗礼的战马，昂首挺胸，
鬃毛飘动，似乎都能听见它兴奋的嘶鸣声。

　　老人走上前去，他的手搭在自行车牛皮车座

的一瞬，传送带停了下来。老人好像忽然变得年轻，他不但把自行车轻快地搬了下来，居然又骑了上去。周围的人不由得鼓起掌来。

老张看呆了，如此神奇的系统又如此简单，似乎你只要把真实情感输入进去，这个系统就会热情地拥抱你……这个世界，冥冥之中，难道真的还会有这样的力量？

"我的自行车会在这里吗？"老张嘴里这么说，但他的心里没底，昨夜里丢的车，怎么会这么快就到了这里呢？

"要不您试试？"春树鼓励他。

老张跟着春树走到"识别厅"的一台机器前。与其说他要找自己的凤凰车，还不如说他想试一试"时光"系统的神奇。

默默地想了一会儿，老张开口说：

昨天夜里我的自行车丢了，那是一辆凤凰28男车，黑色的，差不多有六成新。能帮我找找吗？

我和小茜都是邮递员，有一年春天，我送信的时候，新衣服被树枝划破了。小茜帮我把衣服补好，还在撕破的地方绣了一个自行车的图案。夏天来了，小茜骑着自行车去石景山送信，暴雨中她不幸被一辆卡车撞倒了，因公殉职……悲痛之余，我向领导申请，把小茜骑过的车给我。再后来，我就骑着这辆车继续走在她送信的邮路上……

我们有个约定，当金色的雨滴落在你的肩头，那就是我在感谢你……

机器发出了咔咔咔的忙音，就像人的脚步声，紧接着是个模拟女声说道：

信息混杂，有待鉴定，暂时不能为您提供帮助。

老张愣住了，如果说这辆车不在招领中心，他可以理解。可是说信息混杂不知道是什么意思。他看看春树，不解地摊开双手，似乎在问：怎么

会是这样的结果？

老张想接着再试，春树摆摆手说：“一个人一天之内只能讲一次故事。”

第五章

愿望

老张心有不甘地跟着少年走出自行车招领中心。

路边的树都绿了，黄的迎春、白的玉兰竞相开放，中间有棵樱花居然已经凋零。绚烂这么快就过去了……想到此处，老张不免有几分伤感。

春树问："关于这辆车，您还有什么难忘的故事吗？"

老张想了想，说："记得我结婚之前，出现了一种新款的永久牌自行车，型号是永久13型。那个车是锰钢的，大梁短，造型非常精神。那是我梦寐以求的车！

"那车好是好，但是没有门路是买不到的。那时候买自行车是凭票供应的。我好不容易分到了一张飞鸽自行车车票。我的未婚妻也想方设法得到了一张凤凰自行车车票。她对我说：'我们把这两张票合在一起，换一张永久13型的车票——给你，我骑你的凤凰……'

"我心里非常感动，忍不住亲亲她的额头。我和卖自行车的商店经理商量，用这两张车票换一张永久 13 型的车票。经理答应了。飞鸽和凤凰车票也是非常珍贵的呀！

"就在要买车的当口，经理劝我说：'永久 13 型的车只有男车，你现在的凤凰车也是男车。你要结婚了，你爱人个子娇小，骑着你的凤凰男车合适吗？'为了我的爱人，我在结婚的前一个星期，放弃了永久 13 型，给我的妻子买了一辆新的飞鸽牌女车，我还是骑着我的凤凰车……听见我的决定，我的爱人居然感动得流下眼泪……"

春树不停地点头。

老张继续说："等我们有了女儿，我骑着凤凰车送她去幼儿园。我让她坐在自行车的大梁上，可是你知道大梁就是一根圆管子，有点硌屁股。我就把我的人造革提包垫在大梁上，然后让女儿坐在提包上。万万没有想到，大梁和提包之间太滑了，半路上，女儿从大梁上掉了下来，她的腿差点就被别到车条里……"

　　"是的，好多骑自行车的人都有把人从后座上颠下来的故事。从大梁上掉下来倒是很少见。"春树偶尔回应着。

　　……

　　老张说得有点累了，他们在路边一个椅子上坐下来，他对春树说道："我讲的都是真事儿，刚才那个机器为什么说我信息混杂？"

　　"您在说凤凰自行车的时候，提到了什么金雨滴，金雨滴和凤凰车有什么关系吗？"春树很认真地问。

　　老张愣住了，他这时候才明白，是因为他提到了金雨滴！对呀，为什么要说金雨滴呢？

老张觉得脑子里影影绰绰地出现了些纷乱的图案，但是总聚拢不成形状……

春树启发他说："您像我这么大的时候，一定会骑车了吧？"

老张点点头："刚会骑，很上瘾，还骑得特快。可是我自己没有自行车。有一天我骑着一辆借来的车，从天桥商场回家。路过前门的时候，我的车把不小心碰了一位大叔的车把。我看他晃了两晃，没有摔倒，我就接着往前骑。只听见他在背后喊：'站住——'

"我怕惹麻烦，脚下使劲，加快车速。我想一会儿工夫你就看不见我了。没有想到，我加速，那个大叔也加速。过了西单，过了西四，又穿过了赵登禹路，我都快到家了，他还死命地追着我。要说时间，怎么也得追了有二十分钟。我只好停下车，站在路边。他也下了车。我等在那里，不知道将会发生什么事情。

"他推着车走到我的跟前说：'你碰了我，知

道吗？'我点点头。他又说：'碰了人就跑，是吗？'
我说：'我有点害怕。'他说：'不懂得要给人家道
歉吗？'我连忙说：'大叔，我不对——我跟您认
个错还不成吗？'

"'我要的就是你这句话！'那位大叔转身上
了车，对我说，'人就得讲个理儿！'说完这句话，
他居然就走了。合着他追了我这么长的时间，就
为了要这个理儿……

"那件事情给我留下了非常深的印象……"老
张像是在讲昨天发生的事情。沉默了一会儿，老
张忽然说，"我想起来了——"

"想起了什么？"

"我想起了金雨滴……"

老张上初中的时候，班上有个得了小儿麻痹
症的同学，他的两条腿几乎都不能站立。每天他
来学校上学就是靠着两个拐杖，一步一挪艰辛地
走到学校。当然，同学们也很关心他，只要是遇上，

男同学就会主动要求背上他，女同学总是替他拎起书包。

有一天，语文老师让这个同学在讲台前念他的作文，作文题目叫《我的愿望》。

这个同学有些羞涩，然而很清晰地念道：

许多老师，许多同学，许多其他人都帮助过我，可是我却没有能力帮助你们，我甚至不能为你们打一暖瓶水，为你们沏一杯茶。我的愿望就是希望天上有种金色的雨滴。当我特别感恩的时候，一个金雨滴就会落到那个好人的肩膀上，出现一朵金色的花儿，好让他知道有人在感谢他……

老师们，同学们，我们有个约定，不论什么时候，不论你在哪里，当金色的雨滴落在你们的肩头，那就是我在感谢你们……

那个同学念完他的作文的时候，大家的眼睛都湿乎乎的。

　　再后来，我们的音乐老师听说了这件事儿，他是个很有才气的老师。他拿着这篇作文看了整整一天，午饭、晚饭都没吃，当躺在床上准备睡觉的时候，他突然又翻身起来，奋笔疾书，仅用十分钟就写好了歌词。他又跑到音乐教室，对着钢琴开始作曲。第二天上午，一首新歌出现了：

　　记得你的微笑，

　　让我舒展眉梢，挺直了腰，

　　记得你的牵手，

　　帮我度过春寒料峭。

　　秋天呀！我们有个约定，

　　无论你在哪里，

　　当肩头落下金色的雨滴，

　　那就是感谢在向你报到！

　　春树点点头："为什么您在寻找自行车的时候，

会想起这个动人的故事呢？"

"我再想想，一定和自行车有关系。"老张说。

春树忽然像个长者似的握住老张的手说："我也相信一定有关系，您一定再想想。"

"我要回家了。"老张站起身来。

"明天您还来吗？"春树问。

老张想了一会儿："可能来，我再想想我的自行车的故事。"

"不是可能来，您一定来，我还在信托商店的门口等您。"

"请给我留个电话！"老张说。

春树递给老张一张蓝色的名片，除了电话，春树的名字上面写着："时光自行车招领中心"。名片的右上角有辆自行车的图案。老张郑重地把名片放到上衣的口袋里。

老张回到家，已经是午饭时间了。

"怎么样？"妻子问。

老张摇摇头。

　　"算了，别找了……"

　　"有个自行车招领中心，我明天再去看看！我觉得有希望！"说完，老张还把今天到招领中心的所见所闻和妻子说了一遍。妻子很惊讶地说："还有这样的地方，真是挺好玩的，哪天我也去看看！"

第六章

夏 雨

第二天，老张早早就来到信托商店。

门口没有见到春树。老张想，可能自己来得太早了。

一个青年人从商店里走出来，很亲热地上前向老张打招呼："您是张先生吧？春树今天有事情不能来，让我接待您。我叫夏雨，您叫我小夏就好。"

青年人长得很像昨天的少年，但不是春树，他比起春树显得更加干练，更加成熟，有点像他的哥哥。

老张很高兴，感觉他这两天遇到的都是有信誉、有礼貌的人。生活里要都是这样的人，你不想当好人都难！

"你也是自行车招领中心的义工吗？"老张问。

夏雨摇摇头："我是时光机械厂的工程师。您看见那些共享单车了吗？有许多都是我设计的。"

"哦，我太幸运了，能遇到这些小彩车的设计者。你真了不起！"老张意犹未尽地接着说道，"你这个可是朝阳产业呀！时尚呀！"

"那是以前的事情，按您的说法，我现在做的就是夕阳产业了。"

"什么意思？"

"大学里出现了一个'僵尸自行车'复活的'义工团'，您一定听说过。"

老张点点头："听说过——"

"我就是这个义工团的团长兼工程师。"

"太应该了！你现在在哪所大学？"老张不由得肃然起敬。

"我们在好几所大学都发起了这个活动，组织了义工团，我现在在工业大学。昨天春树告诉我，说您丢了一辆凤凰牌28男车，要把它找回来是吗？"

"就是就是……"老张连连点头。

"大学里废旧自行车非常多，您去看看有没有您丢失的车。"

老张有些犹豫地问："可能吗？"

"今天到了大学您就明白了！"

老张跟着夏雨前往坐落在东郊的大学城。这次他们骑的是小蓝车，而且是电动的，比起昨天要轻松得多。

他们第一站来到"工业大学"，夏雨领着老张来到大学图书馆后面的一片空地上。

眼前的景象让老张惊呆了。

几乎数不清的破旧自行车，小山一样地堆放在一起。车有站立的，也有趴着的，还有七八辆叠在一起的，惨不忍睹。比起老张在街头看到的堆放在一起的几辆、十几辆破旧自行车，这里简直就是一座钢铁的坟场。

如果不是亲眼看到，真是让人难以想象！

当尸体堆成了小山的时候，人似乎就没有了悲哀，眼前的不再是人，而是肉和骨头。看到几千辆自行车堆在一起的时候，似乎就不再是自行车，只是一堆卷曲的钢铁和干瘪的轮胎。

夏雨指着眼前的"钢铁坟场"说："这里大约有三千辆被人丢弃的自行车。我们的任务就是挽

救它们、安葬它们！

"这里的车有许多还是能够使用的，有的车修一修，擦一擦，上点油，就和好车一样。如果您能在这里找到和您丢的车一模一样的，最好！如果没有，您也可以找一辆质量、型号差不多的车。您拿走，一分钱不收！"

"这怎么可以？"老张说。

"它们就像被遗弃的小狗小猫，为它们重新找到主人也是我们做了善事……"夏雨看出老张的顾虑。

老张的心绪是复杂的。自己对丢的车是有感情的，他不是需要一辆陌生的车来弥补物质上的损失，让自己心理平衡。再说，他估计自己的车不会在这个地方，但是他觉得今天没有白来。

夏雨介绍说："大学校园很大，宿舍、阅览室、食堂之间少说也都是几百米的距离。每个学生都要骑自行车代步，入学的时候就要买一辆。在校园里度过四年或者五年，渐渐地没有那种需要了，有的去实习，车子丢在哪儿都不知道；有的毕业时候觉得又大又沉，干脆就丢掉了。"

"您信吗？大学里每年都要丢掉一两千辆自行车。"夏雨最后说。

老张不由得感慨，时代真的变了，当年他上大学的时候，一辆自行车是那么金贵，到现在这么多自行车却如此悲惨地被人丢弃。这不是糟蹋东西吗？这不是暴殄天物吗？在一起生活了四五年的物件，说扔就扔，一点感情也没有，一点留恋也没有，难道时代越往前走，人就越无情吗？

时光——丢失的时光要能招领的话，一定会看到无尽可歌可泣的人生。

他和夏雨说了自己的心里话。说完，他有些担心地问："你说，我这样是不是有病呀？"

夏雨拍拍老张的手说："大哥，我想的和您一样。您放心，我一定要帮您找到您的凤凰车！"

"怎么找？大海捞针吗？"

远处有歌声响起来。老张心头一动，正是他

中学时唱过的那首歌。

> 记得你的微笑，
> 让我舒展眉梢，挺直了腰，
> 记得你的牵手，
> 帮我度过春寒料峭。
> ……

歌声由远及近，几十个大学生骑着车朝这里走来。那车子是绿色的。骑到夏雨跟前，他们纷纷跳下车，簇拥在夏雨的周围。他们身上都穿着暗红色的夹克，袖子上都有小小的自行车的标志。老张顿时有种朝气蓬勃的感觉。

"这些都是我们义工团的义工，他们骑的自行车也都是我们'复活'的自行车。"夏雨自豪地说。

"我们眼前的自行车小山中大约有百分之二十的车，检修之后就可以用。我们给它们喷上绿油漆，自行车的前梁上再打上编号，有的挂上编号

的小牌子，然后出租给同学们，每个月八元钱。使用中出现损坏的，再请师傅维修，费用都从每月八元的租金里出。"

"有人租吗？"老张问。

夏雨笑了，他转身问四周的同学们："我们的小绿车有人租吗？"

大家一起回答："必须的——"

夏雨叫出一个男同学对老张说："这个同学叫车菊田，是无人机专业的，您听听他的女朋友是怎么爱上他的！"

同学们哄笑起来。

为了让离校的同学不丢车，也告诉新入学的学生可以租车，必须加大宣传力度。

三年级的学生车菊田和同学们从废旧自行车上拆下车轮，在操场组成了一只巨大的展翅欲飞的鸽子。那鸽子有的地方暗淡，有的地方明亮，有的地方锈迹斑斑，就像一只饱经沧桑、历经磨难的鸽子……鸽子的两只眼睛由两个车轮组成，唯独这里的瓦圈被擦得银光闪亮。

车菊田用无人机在空中拍下这只由几百辆自行车组成的鸽子，他们做了三分钟的宣传片，起名叫《渴望飞翔》。

这个片子在学校播放以后，引起了不小的轰动。许多人看到车菊田就指指点点："啊！那个人就是《渴望飞翔》的制作人！"车菊田很得意。有一天，一个女孩对他说："哎，你不是希望我参加你们义工团吗？你干吗不正式邀请我一下呀？"

同学们提醒车菊田："这就是爱的春风啊——"

大家把车菊田推到老张的面前。

老张握着车菊田的手说："小伙子，你太棒了，你们做了多大的好事呀！我要是再年轻点，一定会加入你们的团队。"

夏雨说："您现在加入也不晚呀！您对自行车那么有感情……"夏雨转身对同学们说，"张先生对自行车还特别有研究，大家有问题吗？"

只见车菊田打开随身背着的书包，从里面掏

出一个拳头大小的东西。还没有完全掏出来，老张就愣住了，那是一个小喇叭！

"这是干什么用的？"车菊田问。

小喇叭被放到老张的手里，大家都见过电影里战士吹冲锋号的镜头吧，黄铜制成的，吹起来嘀嘀嗒嗒很响亮！

眼前的小喇叭就是这样的小号的样式，也是铜做的，但是小得多。在小号嘴的地方套着一个黑色的橡皮球。用手握住橡皮球一捏，喇叭就发出嘀嘀的声音。

老张看着眼熟，接着心里就是一种震颤！许多记忆深处的事情轰的一下从一个狭缝钻出，迎面扑来……

第七章

学

智

　　老张想起了一个名字——杨学智。这是他上初三的时候最要好的同学。

　　学智的爸爸有辆自行车，那辆自行车是加重的，前叉的前面还有两个保险叉子，那是辆中国生产的飞鸽车。那车上本来是有车铃的，被人偷了，学智的爸爸就在车铃的位置安了这样一个小喇叭！

　　"你是从哪儿得到的？"老张问。

　　"从一辆破烂的旧自行车上。"车菊田说。

　　"车呢？"

　　"找不到了……半年前的事情啦！当时在立交桥下面，那车已经锈得不成样子了，我看着这个东西好玩，就把它从车把上拆下来了。您见过这样的东西吗？"车菊田问。

　　老张长叹一口气说："以前的自行车都有车铃，这是标配！有些自行车不用车铃，就安装这种小喇叭。你这个小喇叭可能就是我同学爸爸自行车上的。"说着，老张使劲捏了一下小喇叭嘴上的小皮球，小喇叭居然呻吟了一下：嘀——

"哇——"周围的同学们惊讶得叫起来。

"这个小喇叭长度是十七厘米，是民国时候生产的。它肯定不是飞鸽车上的原配。"

同学们一下子聚在老张的身边，一个带着小盒尺的同学给小喇叭量了量，果然是十七厘米。

"哦，太厉害了！"同学们欢呼起来。

"给我们讲讲您同学的故事吧。"夏雨对老张说。

老张有些动情，边回忆边说：

我初中时的同学，他叫杨学智，平时我都叫他学智。

我们俩是最好的朋友，学智长得高大，但是心很细。他会做木匠活，虽然还不能当成个职业养家糊口，但是做的小物件已经有模有样。我姐姐结婚的时候，学智交给我一个四条腿的小板凳说："立平，这是我送给你姐姐的，以后你姐姐洗衣服的时候就坐这个板凳吧！"

那个年月大家生活都很困难，结婚送的礼钱也就是两块三块的。小板凳不光是份情谊，就是实用价值也是挺高的。姐姐接过小板凳的时候感动地说："学智这孩子真仁义呀！"

学智的家里挺困难，他父亲的工作有点意思，大家知道蚕豆吗？每天夜里学智的爸爸要煮许多许多蚕豆，蚕豆里加上盐和花椒大料，开锅的时候，院门外的小胡同里都能闻见香喷喷的味道。

学智的爸爸就把这些熟蚕豆分装在纱布袋里，

两斤一袋，再放到两个木桶里，挂在自行车的两侧。他骑上车带着煮熟的蚕豆就给饭馆、小吃店，甚至街上的小摊贩送过去。他的自行车是个加重的飞鸽牌自行车，这辆飞鸽就是学智家的命根子。我有一次想骑一下，被学智微笑着拒绝了。

原来这个车上有个铃铛，还是那种能响两个音儿的，不幸被人偷走了，学智的爸爸就安了一个这样的小喇叭。如今这种喇叭都快成文物了。

有一次，学智骑着他爸爸的这辆车，带着我们班的一个得小儿麻痹症的同学去颐和园秋游，我也骑着一辆自行车跟着他们。

林荫道，银杏树，金黄的落叶，历历在目……

那天回来以后，那个得了小儿麻痹症的同学写了一篇作文叫《我的梦想》，老师给大家念了，音乐老师还给谱成了歌。

我对学智说："这歌是谢谢你的。"

学智说："这歌是谢谢全班同学的。"

学智忽然握着我的手说："立平，咱俩永远

是好朋友。"说着，我们俩还一起唱起那首歌来：

秋天呀！我们有个约定，

无论你在哪里，

当肩头落下金色的雨滴，

那就是感谢在向你报到！

老张忽然沉默了。

"后来呢？"大家关心地问。

"后来，这辆自行车丢了……"说到这里，老张忽然觉得脑子里一片空白，眼前人影凌乱，但是他们在做什么却看不清楚。他只能抬头看看天上的云彩，让自己换换脑筋。

……

夏雨帮助解释说："同学们，张先生是自行车的行家，而且他对自行车有感情，这是最难得的，他还给他骑了几十年的自行车搞了个告别仪式……"

老张一愣，忍不住问道："你是怎么知道的？"

夏雨笑笑，没有回答。

老张看着夏雨，觉得夏雨非常可亲，但又有几分神秘……

一个女生问："您知道北京的第一辆自行车是什么时候出现的吗？"

老张说："幸亏这个我还知道。北京的第一辆自行车是 1870 年，外国人进献给光绪皇帝的。当时的自行车没有链条传动，而是脚蹬子与前轮轴相连，前轮走后轮跟着走。在前轮上面有一根横木棍，当扶手用。但是骑起来挺费劲，算不上交通工具，就是一个玩意儿。据说光绪皇帝在洋人的指导下，试着骑了几回，觉得很有意思，却受到慈禧太后的批评：'一朝之主当稳定，岂能以转轮为乐，成何体统？'意思是说，一个国家的领导人应当稳稳当当的，怎么能够转着个轮子玩呢？一点规矩都没有！"

同学们大笑起来。

　　"后来真的骑了自行车的是末代皇帝溥仪，为了骑车方便，他还下令把许多门槛给锯了。"

　　同学们天真地说："您知道得真多，谢谢您！"

　　"网上一查——都有！"老张谦虚地说。

　　同学们要去工作了，老张有点不舍。车菊田走过来对老张说："我特别想听听您同学后来的故事，您想起来一定要告诉我！"

　　出了工业大学，夏雨把老张送到家门口。

　　"明天我还在信托商店等您。我给您找了一位收藏家，他能帮您找到车子。"夏雨说。

　　"收藏家怎么能找到我的车子呢？"

　　夏雨开玩笑地说："明天您就知道了，天机不可泄露。"

　　老张今天见了这么多的自行车，心境有些变化，现在自行车这么多，一辆自行车这么便宜，寻找自家车的心情也稍稍平稳了一些。他又想起

了那个黄铜的小喇叭，真是奇遇呀！今天居然想
起了杨学智，太难得了。也不知道他现在怎么样了。
杨学智爸爸的车丢了以后，好像还出了什么事情。
怎么就想不起来了呢？

第八章

收藏家

第二天中午，老张来到信托商店的门口。今天信托商店的外面很安静。

老张走进店门。

没有人谈生意，老张这才知道为什么外面没有人，这里不再像个商店，人很多——里三层外三层，倒像个书场。老张听到里面有声音，踮脚一看，原来有个男人在讲话，他的声音有点沧桑：

我今天和大家说说我收藏的经历：先要说说名牌车。俗话说，"一汉（堡），二手（牌），三凤头"，这三种车都是国外的老牌子。要说中国自行车的老牌子，大家就有点二乎，我编了个打油诗壮壮咱们的威风："飞鸽"传书信，"永久""凤凰"亲，"红旗"招展日，"双喜"要临门。除了这五种之外，我们还有金狮、金鹿……不过说实在的，能成为大家收藏珍品的却不多。

老张估计这位先生可能是位收藏自行车的专

家。不过岁数还不太大，和自己差不多——快退
休的年龄。

收藏家接着说：

可现在，还有几个人知道这些老物件？甭说
车子，就是牌子还有谁记得呀！要说当下的名牌
我也说不清楚，我就知道小黄车、小蓝车、小橙车。
我也编个歌谣：小橙车跑，小蓝车追，小黄车桥
下一大堆。

讲课人说得流利，说得风趣，店里一片笑声。

讲课人看见了老张，忽然就站起来招呼说：
"张先生来了，快里面请坐！"好像老张是什么大
官员。

听众们一起转身看着老张。老张吓了一跳，
真是受宠若惊啊，前进也不是，后退也不是。他
急忙说："我到这里是来找夏雨的，您一定是认错
人了。"

讲课人说："没错！就是夏雨让我来等您的。我叫秋愁。"

讲课人旁边站着一个经理模样的人对大家说："诸位，今天秋先生有事情，请大家散了吧！"

话音刚落地，屋里的人都不见了，刚才人站立的地方，只是一辆辆错落有致的站立的自行车。各种颜色、各种型号的车子都有。

老张完全呆住了，不知道是刚才眼花了，还是现在眼花了……

讲课人走过来握住老张的手。恍惚之间，老张问："您是收藏家？"

讲课人双手合十："谈不上收藏家，没有丢弃就没有收藏，我不过是把别人丢掉的捡起来了。"

"您说您的名字叫秋愁，不知是哪个愁字？"

讲课人笑了："秋天是收获的季节，也是万物将要凋零的季节。接下来就是冬天，如何过冬，是我们古人最忧虑的时候。因此'秋'字下面加个'心'，便是个'愁'。"

老张听得明白，不再多问，但知道眼前是个很有个性和学识的人。

老张又环顾四周，看看刚才站着人群的地方，现在依然都是自行车，于是明白是刚才进来的时候产生了错觉。心绪安定之后，他问："您最近收藏了什么好车吗？"

秋愁摆摆手说："我现在不收集好车了，我在收集人和自行车的故事。夏雨请我来见您，就是想听听您的故事。"

想起那天在自行车招领中心的遭遇，老张笑了一下说："讲了故事能够找到丢的车吗？"

秋愁摇摇头："当我们物质匮乏的时候，有了钱就有了车。当物质丰富的时候，就发现钱之外的东西可贵了。您使劲地寻找丢失的车，其实既不是车把，也不是车轮，更不是脚蹬子……您是要找回那份感情的寄托。"

老张信服地点点头。

秋愁说："如今您这样的人不多，我们很感动，真的想给您做点事儿。"

"谢谢！"老张也有点为自己感动。

"我看过一部电影，叫《偷自行车的人》。"秋愁悠悠地说。

"我小时候也看过，很喜欢。意大利的电影，黑白片。"老张连忙说。

"主人公的妻子卖了家里所有的床单，赎回了被典当的自行车，男主人骑着这辆救命的自行车去贴广告，得以养家糊口。可惜第一天，他的自行车就被偷了……"

老张愣住了，电影他看过，可是情节忘记了，秋愁这样一说，电影忽地又呈现在眼前。那个时代，意大利人虽然穿皮鞋，穿西装，但也是破旧的皮鞋，破旧的西装。那只是服饰不同，拮据甚至贫苦的生活和我们这里非常相似。

秋愁站起身，从抽屉里拿出一个物件递给老张。这是昨天他在工业大学看到的自行车上的那只小喇叭。

一道电光闪过。

老张想起一段往事。

那是个夏天，如果还上课的话，那是初三。

有一天下午，教室的门开了，门口出现了两个陌生的男人，他们穿着制服，既不是警察也不是军人。他们自称是某某大院的安全保卫人员，就叫他们便衣吧！

他们要找杨学智。他们举着杨学智的学生证说，这个人偷了他们大院的自行车。那时候偷一辆自行车，是可以被拘留的罪。全班同学都吃了一惊！

杨学智那天没有来学校。

一个便衣说："哪个同学能带我们到他们家去？我们要和这种盗窃国家财产的行为做斗争！"

教室里很安静，张立平知道，班上有好几个同学知道杨学智的家，但是大家都还没有意识到发生了什么事情，懵懵懂懂地愣着。

前座同学忽然转过脸指着张立平说：“他知道杨学智的家。”

便衣快步走到张立平的跟前说：“好，请这个同学带我们去一下。”

便衣的话斩钉截铁，张立平的第一个意识就是，学智怎么能干这样的事情？第二个意识就是心里很紧张、很害怕。去也可以，不去更好……

另一个便衣说：“我们不要包庇坏人，要和他们做斗争。”

张立平站起身来……

他带着便衣，走过两条街，穿过三条胡同，来到了杨学智的家。张立平用手指指他家的门口。警察走了进去，一会儿的工夫，他们带着杨学智走出门来。

张立平看见了学智，学智也看见了他。学智的眼睛里闪出惊讶、奇怪的目光，也可能是无助或者怨恨。张立平无法正视他，只有一个念头还勉强支撑着——他偷了人家的自行车。

便衣是用绳子拴住杨学智的双手，还是用杨学智自己的皮带捆住双手，张立平全都忘记了，或者根本没有看见。在他的脑海里似乎只有杨学智那双充满哀怨和乞求的眼睛……

杨学智跟着便衣走了，看着他们的背影，张立平心里忽然感觉不是滋味。

那天以后，张立平天天盼着杨学智能来上学，但不知道为什么又怕见到杨学智。

杨学智一连三天没有来。

张立平忍不住了，他来到杨学智旁边的邻居大妈家，小心地询问杨学智回来没有。

邻居大妈告诉了他一些事情。

那一天，杨学智的爸爸去给人家送蚕豆，送到最后一家，那是个小店。刚刚算了钱出来，发现自己的自行车不见了。他的爸爸沿着那个小店的胡同来回走了一趟，自行车连个影子都没有。他走路回了家。他没有坐公共汽车，是因为他觉得走着路，没准能看见自己丢失的车。路过每一

个送蚕豆的小摊和小店，他都要去问一下："看见我的自行车了吗？"

没有结果！学智的爸爸带着疲惫的心回到了家，没有进屋，就在院门口抽烟。没有了自行车那些蚕豆怎么送，一家人的生活怎么办？

那一天中午，吃午饭的时候，全家没有一个人说话。看着爸爸愁苦的脸，杨学智的心就像被一只大手攥住一样。

隔壁是个机关大院的后墙，那里人很少，树木很多。杨学智曾经从一截短墙翻过去玩。这时候他猛然想起来，在一个花池的旁边有一辆旧自行车，他每次去玩，都能看见那辆自行车停放在那里，好像从来没有动过一样。

那一天，刚刚擦黑，杨学智就从短墙翻了过去，那辆自行车还在那里。杨学智推了推，车上了锁。于是他一手提着后轮，一手扶着车把，把自行车推到矮墙前面。他也不知道哪里来的力气，就把车子举起推到墙外。他在墙外推起车，朝自己家门走去。他最大的错误就是对自己的爸爸说，这辆自行车是和老师借的，为的是让爸爸安心地使用这辆车。

杨学智的学生证丢在了短墙的下面，被大院的便衣拾到了，这才来到了学校找人。

……

一个月以后，张立平又来到杨学智的家。敲门，没有人开。仔细一看，门上挂着个铜锁头。

邻居说："搬家了，做五香蚕豆的大锅也雇车搬走了。"

"搬哪儿去了？"

"不知道。"

一阵冷风掠过，张立平只看见杨学智家房顶上的蒿草来回摆动。

四十多年过去了，这段似乎已经忘记的旧事，居然又活生生地在面前上演……还让你心动，还让你不安。

　　你以为你最了解你自己吗？老张忽然想起了这句话。

　　信托商店里很安静，没有顾客，没有走动，只有那些自行车似乎在倾听老张心里的声音。

　　"您怎么了？不舒服吗？"秋愁关心地问老张。

　　老张摇摇头。

　　秋愁说："想听听那首歌吗？"

　　老张点点头。

　　没有伴奏，有些空灵的、青涩的声音响起来——两个少年在唱歌：

　　记得你的微笑，

　　让我舒展眉梢，挺直了腰，

　　记得你的牵手，

　　帮我度过春寒料峭。

　　秋天呀！我们有个约定，

　　无论你在哪里，

当肩头落下金色的雨滴，

那就是感谢在向你报到！

听着听着，老张流泪了。

秋愁说："您有什么愿望吗？"

老张说："不知道杨学智现在怎么样了。"

秋愁想了一会儿说："我们想想办法找找他，看看明天中午能不能见个面。"

"见面？"老张吃惊地看着秋愁。他理解秋愁是在安慰他。现在马上找到杨学智根本没有可能，但是歉疚的心又让他渴望见面。

见面的地点约定在车前子饭店一号厅。

秋愁拿起桌上的小铜喇叭交给老张说："万一见到，把这个喇叭交给他……算个信物，也算个情分，不枉你们兄弟一场。"

"您一定要来呀……"老张感激地说。

"放心吧！我一定来。"秋愁肯定地说。

第九章

车前子饭店

第二天中午，老张早早地来到饭店。走进一号厅，那是个单间。

还没有人来，老张坐下等了一会儿，看看手表，已经十二点了。老张慢慢走到门口，想去迎迎秋愁。就在这个时候，他蓦然发现在桌前停着一辆自行车。

自行车怎么会放在这个地方？太奇怪了，是饭店的哪个员工放在这里的吗？不可能呀！这自行车好眼熟啊，老张仔细一看，不禁又惊又喜！眼前站立的正是自己丢了好几天的自行车呀！那条红丝带也在——打了个蝴蝶结系在车把上。

老张目不转睛地看着眼前的自行车，脑子里翻江倒海似的出现了无数的念头。

老张摸摸车把，摸摸车座，摸摸脚蹬子，甚至去抚摩闪亮的瓦圈……春树、夏雨、秋愁一个个地出现了，他们是那样的真实，又是那样的魔幻……

春树、夏雨、秋愁，他们满腔热情地出现了，

又不动声色地消失了。他们和眼前的这辆凤凰自行车有什么关系吗？莫非……他不敢这样想，但他又不能不这样想，可说实在的，他非常愿意这样想，这样想让他感到神奇、温馨和无比欣慰……

十分钟过去了，秋愁没有来；半个小时过去了，秋愁还没有来。整整等了一个小时，秋愁还是没有出现。

老张忽然想起了春树留给他的那张名片，他一边从上衣口袋里掏出来，一边拿起了手机。窗外的阳光照射在蓝色的卡片上，老张这才发现，那张名片上没有任何文字，只有一个小小的自行车的图案。

老张似乎全都明白了。他走到凤凰自行车跟前，解开那条编成蝴蝶结的红丝带，展开……那条红丝带上多了一个小小的自行车图案，下面有两行文字：

当肩头落下金色的雨滴，

那就是感谢在向你报到！

　　外面传来敲门声，老张急忙打开房门。一个
熟悉的声音传来："是立平吗？"

　　老张看到一张熟悉而又陌生的面孔，想认
又不敢认——他多希望这个人就是渴望已久的学
智呀。

第十章

学智的世界

一个男人和一个女孩站在门口。

老张端详着那个男人，虽说过去几十年了，但依稀能看出杨学智当年上初三时候的模样。这时候，他希望那个男人再次大声说："是立平吗？"如果那样的话，老张就会立刻上前握住对方的手说："是我呀！你是学智吧？几十年没有见了……还好吗？"

可是那个男人没有说话，脸上的热情反而退去，眼睛里露出了疑惑的光。

幸亏女孩开口了："您是张立平叔叔吗？"

老张连连点头。

女孩微笑着说："我是杨学智的女儿，叫冬梅，陪着爸爸来见您。您还好吧？"

"好啊！真高兴见到你们。你今年多大了？"

"上大学三年级。"看着学智的女儿，老张觉得格外亲切。她说不定和自己的女儿同岁呢。就是今天学智显得有些怪，怎么能沉着脸呢？哦——他会不会还记着我的仇呢？想到这里，老张心里掠过一阵冷意。

　　按照一般的情况，几十年的老朋友见面，相互认不出来的事情是常有的。一般的情况都是有备而来，知道对方是哪位，先握手认下来再慢慢回忆，从那依稀的往事中慢慢寻到一丝光亮，那就是珍贵的记忆片段开始浮现。聊着聊着，想着想着，老友的手就由衷地握在一起……

看着杨学智，老张不甘心，就说："学智，你不记得我啦？我是张立平呀！我姐姐结婚的时候，你还做了小板凳送给她，说让她洗衣服的时候坐着……"

杨学智又看着老张，眼睛眨了眨，摇摇头开口了："你不是张立平，张立平比你年轻，比你帅……"看学智的神态，不像是开玩笑。

女孩冬梅微笑着解释："张叔叔，我爸最近记性有点不好……"

老张心中一沉，嘴里说着客气话，请杨学智和冬梅坐下。

大家刚刚坐定，杨学智看见桌前的凤凰自行车，眼睛忽然亮了。他又站起来，走到自行车的跟前，拍拍车座子，说道："现在我给大家讲一讲凤凰自行车的历史。"

老张愣住了，觉得学智有些不正常。

不料，学智却很沉稳地说：

　　1958 年，上海的 267 家小厂合并，组建成上海自行车三厂。

　　当时上海自行车三厂经营的还是生产牌自行车。由于生产牌自行车商标呈齿轮状，不能体现自行车产品轻快的特点和向往美好生活的寓意，因此创建一个新的品牌和商标便成为企业思索的焦点。1958 年 6 月，公司分别在《解放日报》《文汇报》上连续两次刊登了"征求牌名商标"广告。没有想到，十天里居然收到了来稿一千多件。其中，一位姓周的艺人画了一个仪态秀美的凤凰，并用文字写道："凤凰好，飞翔轻快，是民间吉祥之物，受人民喜欢。"这幅凤凰图案在全体员工的评议中获得了 90% 以上的赞同。从此，"凤凰"品牌诞生了。一是"凤凰"具有民族特色，在中国普遍受到民众的欢迎；二是"凤凰"是鸟中之王，象征着吉祥如意。

　　听到这里，老张以为学智说完了，正准备举

手鼓掌，不料，学智拍拍自行车的车把接着说，声音还更大了：

凤凰自行车商标于 1959 年 1 月 1 日依法注册。当年 2 月份，一千辆试制的凤凰自行车顺利下线。自此，凤凰自行车正式进入了人们的视野，以傲人的身姿展现"凤凰"品牌的独特魅力。

几年后，凤凰自行车开始成为全国名牌，并大规模进入国际市场，出口量长期名列全国自行车行业第一。凤凰女式车更被称为"女性贵族车"，并成为新娘嫁妆和馈送女友的首选高档货。那个时代拥有一辆凤凰自行车，代表着吉祥，代表着骄傲，那时的人们将凤凰自行车当作爱情的见证。作为民族品牌的骄傲，凤凰自行车镌刻着几代人的精神印记。

老张不由得看看手表，十分钟的时间已经过去了。学智终于停住了，朝老张走来。

　　老张迟疑地拍着巴掌。他的掌声很复杂——
学智一定是病了，刚才他对凤凰自行车的介绍不
但准确清楚，而且声情并茂。如果在博物馆里给
观众解说，这样的表现会受到大家的欢迎。可这
是老朋友见面啊！这种场合，即便是介绍自行车，
也不能是这个神态呀！时间地点一丝不苟，公文
官腔比比皆是，简直就是在诵读一篇解说稿呀！

　　不料，学智还自我陶醉地举手朝老张示意，
对老张的掌声表示谢意，然后就坐在那里不再
说话。

　　老张心里想：学智呀，学智呀，你这是怎么啦？

　　冬梅不无痛苦地说："我爸爸现在就像个'雨
人'，说起自行车他就是天才，说起生活他就是
弱智。"

　　"他什么时候变成这样的？"老张问。

　　"差不多有一个多月吧。"冬梅回答。

　　"我爸爸初中毕业后就上了技校，两年后技校
毕业，他进了一家自行车厂，这一待就是三十年。"

学智听着女儿向老张介绍自己的经历，就像听女儿介绍陌生人，他静静地听着，既不捣乱，也不呼应。冬梅接着说爸爸的往事：技校毕业的学智不但踏实，而且聪明，他的聪明是那种内向的、不善言辞的悟性和动手能力。时间不久，他就受到师傅们的喜爱。他被分到钳工车间，他的工作不是修理自行车，而是检修生产自行车零件的机器。这三十年当中，他还有许多不大不小的发明创造，获得过全市的"鲁班"奖。

冬梅说："每到节假日，爸爸总是替工友上夜班，凌晨三点，大家昏昏欲睡的时候，站在飞鸽自行车流水线旁边的那个身影，肯定就是我爸爸。"

杨学智忽然在一旁幽幽地说："现在我来给你们讲一段有关飞鸽自行车的往事。"

猝不及防，老张吓了一跳。

冬梅笑笑，她似乎已经习惯爸爸这样的随心所欲。

学智说：

大家知道，1950 年，新中国第一个全部国产化的自行车品牌"飞鸽"在天津诞生。

飞鸽自行车行销全国各个省市，非常受消费者的欢迎；但是，海外市场却打不开。

1989 年 2 月，自行车厂的领导得到了一个消息：新当选的美国总统布什即将访华。还听说布什夫妇是一对自行车迷，酷爱自行车运动。他们想从这里找到机会，寻找海外市场的突破口。

天津自行车厂把自己的想法上报给了国务院，表示愿意把飞鸽自行车作为礼品，送给布什夫妇。国务院对这件事十分重视，最后答应以刚投产的飞鸽 QF83 型男车和 QF84 型女车作为送给布什夫妇的礼品车。

1989 年 2 月 25 日，在钓鱼台国宾馆，布什和夫人芭芭拉获得了两辆崭新的飞鸽自行车。他们仔细地看了看车子，连声说："好极了，美极了！"布什总统还兴致勃勃地骑上了车子，在众多的记者面前做出骑车的样子，让他们拍照。

这个场面被全世界上百家新闻媒体进行了报道。不久，一批外商专程来天津看样订货，法国一位客商一下子订了三万辆飞鸽自行车。

布什总统返美后，在白宫草坪上骑飞鸽自行车，再次被美国新闻媒体做了报道。一时间国外兴起一股争买"布什""芭芭拉"型飞鸽自行车的热潮。借助于布什夫妇，飞鸽自行车终于打开了海外市场。

学智讲完了。老张忽然想，学智要是到一家自行车博物馆当解说员就好了。于是忍不住问："学智，你能给我说说永久自行车的故事吗？"

不料，学智却说："我们吃过饭会见到立平吗？"

女儿苦笑着摇摇头："爸爸的思维就是这样时断时续的。"

第十一章

博物馆

　　老张一面招呼饭店服务员上饭上菜，一面问：
"是谁告诉你们到这里来找我的？"

　　冬梅说："昨天我们接到一个电话，说爸爸的
老同学张立平要在这里见我们。那一天，我爸爸
格外清醒，他激动极了。他告诉我，他一直在寻
找这个张立平。还说有句憋了好多年的心里话要
对他说，不说出来，这一辈子都不甘心……我就
带着我爸爸来见您，万万没有想到，见了面他却
不认识……"

　　老张心里明白，是他的凤凰自行车在冥冥之
中帮助了他。他双手合十，朝桌前的凤凰自行车
拜了拜，转身对杨学智说："学智，你再仔细看
看我，都过去四十年了，人能不老吗？你有什
么心里话就对我说说吧，我也有心里话要告诉你
呢……"

　　学智呆呆地看着他。

　　老张又说："学智，你还记不记得，有一年春节，
在护国寺庙会门口，你爸爸骑着自行车，你坐在

后座上，手里拿着一个小风车，那风车一面迎风转着，还一面嘎嘎嘎地响。我追了你半条街……"

学智的眼睛里似乎有一点点的火苗在闪烁。

"冬梅，你爸现在还上班吗？"老张问。

冬梅点点头：“上班。”

“在哪儿上班？”

“在博物馆上班。”

“博物馆！什么博物馆？”

“自行车博物馆。”

“做什么工作？”

“保养自行车，还担任义务讲解员。”

老张大吃一惊，这个答案是他万万没有想到的，一个在自行车厂当了三十年工人的男人，怎么会和讲解员联系在一起呢？

冬梅告诉老张，随着时代的变化，市场的缩小，自行车流水线的改进，工厂用不了那么多工人，学智所在的车间已经没有多大用处。那里的设备渐渐陈旧，大多数工人已经无事可干。恰巧那个车间紧靠繁华的大街，于是有人出主意，朝大街那边开个门，把这个车间变成饭馆，工人就地变成服务员，饭馆的收入就可以养活大家了。

车间眼看要变饭馆了，工人马上就要变服务

员了。就在这个时候，一位老先生来到工厂，对厂长说，希望把这个车间改成一个自行车博物馆。他答应付给厂里房子的租金，直到博物馆的收入能够自负盈亏为止。后来，听说这位老先生是位自行车收藏家。

厂长是个有情怀的人，他静下心来想了想，一个自行车厂如果有个自行车博物馆，听着都让人觉得挺提气的，文化、文明、时尚尽在其中……

他答应了这位老先生的请求。

钳工车间开始进入博物馆的功能转化，有的地方修葺一新，贴上自行车的大照片，前言的第一句话这样写道：

回忆也许就是心灵深处的一份寄托！

有些地方要新，有些地方还是要旧，甚至修旧如旧，车间里有些原有的实物恰好放在原地不动，无言地向我们诉说着时代、国家、战争。百年沧桑一目了然……

老人从家里推来了三辆自行车，都是英国生产的。懂行的人一看就明白，这三辆自行车不要说放在这个小小的博物馆，就是放在省级、国家级的博物馆里也是镇馆之宝。

第一辆是手牌自行车。

说起手牌自行车，可以分为"金手""银手"（商标为铝质，呈银色）和"锤手"（造型为一手握拳）三种。三种不同商标系列的手牌自行车中，"金手"为贵，"银手"次之。"锤手"在市场上的数量不多，收藏价值也不如前两者。老先生这辆车恰恰就是金手。

第二辆是三枪牌自行车。

第三辆是白金人自行车。白金人自行车1910年生产于英国，当时只生产了一百辆，据说中国有十辆，而目前世界上能够找到的也仅中国这一辆。英国的一位收藏家曾经用一辆劳斯莱斯欲把这辆"白金人"换走，最终没能成功。这辆车历经一百年之久，至今仍保存完好，崭新如初，光彩照人，缘于其通体镀银，充分体现了当时先进的生产力。

这三辆自行车放在这里，必须有人昼夜看守。

杨学智成了自行车博物馆的工作人员，虽然挣的工资不多，但是他很喜欢这个工作。老先生看学智很懂自行车，而且很珍惜自行车，也便很高兴很放心。

那个时候，学智把有关自行车的资料背得滚瓜烂熟，给别人讲解的时候，手上总要戴着白手套。他讲解时那全心投入的态度和熟悉的程度，让参观的人常常会出现错觉——这些名贵的自行车都是眼前这位师傅亲手生产的，不是他的儿子就是他的女儿。

"啊！怪不得你爸能够说出那么多自行车的历史和知识。"老张说，"你爸这不挺好的吗，为什么变成这样了？"

失忆

博物馆刚刚开张的时候，还有些人慕名而来，但是多数人不是关心自行车发展的历史和知识，他们只是指着那几辆名贵的自行车问："这车现在得值多少钱呀？"

时间久了，许多人还对两元钱的门票产生了怨气，当着博物馆工作人员的面就大声说："就看些破自行车还要花钱呀！"

杨学智很不服气，他这样每天口干舌燥地讲，难道还不值一根冰棍儿的钱吗？

自行车博物馆是民办的，没有一分钱的补助，老先生也不是银行家。一个月前，博物馆决定停办，准备开饭馆的人已经来勘察房子了。

老先生无奈地在大门口写了一幅字：

黄钟废弃，瓦釜雷鸣。

从那一天起，杨学智就开始睡不好觉。渐渐地，冬梅发现爸爸有些精神恍惚。开始她以为爸爸过早地患了老年性痴呆。直到有一天，他发现爸爸在博物馆的门口大声讲解，那么多观众围着，还不时地有人给他鼓掌。冬梅这才发现爸爸不是老年性痴呆，他好像成了一个"雨人"。

饭吃完了，老张陪着学智走出车前子饭店，冬梅在一旁搀扶着爸爸。

走到饭店大门口的时候，老张忽然想起他的凤凰自行车还在餐桌的旁边放着，急忙返回房间。

服务员还在收拾桌子，可那辆凤凰自行车不见了。问服务员的时候，他们回答，并没有在房间里见到自行车。再说，自行车也不允许被推到屋里来的。

望着空荡荡的角落，老张并不着急，莫非这个"老朋友"又想帮助自己？他幻想着……

老张跟着学智和冬梅来到了就要关张的自行车博物馆。

他看见有许多小学生站在门口，问了一旁的

第十二章

失忆

老师才知道，这些小学生是来参观博物馆的，可
是看见博物馆上了锁，非常失望。

冬梅走上前问老师，这次有多少小学生参观。
老师说，整个三年级都来了，大约两百人。冬梅
请父亲把大门的锁打开，转身对带队的老师说："你
们可能是参观这个博物馆的最后一批观众了。"

小学生们快活地拥进博物馆，看到孩子们热
情洋溢的笑脸，老张心里充满了希望。

学智此刻也显得很兴奋，他的眼睛放着光，
脸上笑开花。他开始为孩子们讲解。他指着前言
中的一段话，朗声念道：

一个物件——一段历史——一个回忆！
触动的是心底的一份感情！
一份无法忘怀和无法替代的寄托！

大厅里很安静。

不知道是谁，拨动了一辆自行车的车铃铛，

一阵悦耳的丁零零的声音在大家耳边萦绕。

"真好听——"同学们议论纷纷。

杨学智问:"孩子们,你们听到过这个铃声吗?"

"没有——"同学们一齐回答。

"这是上个世纪六十年代中国生产的永久13型锰钢车上双面转铃的声音。"

"真棒呀!您能听出来是哪种铃铛的声音吗?"一个小男生问。

"差不多吧……"杨学智说。

老张灵机一动,他忽然想起了那天秋愁留给他的那个小铜喇叭,那个小喇叭现在就放在他的书包里,怎么给忘记了呢?老张飞快地把小喇叭拿出来,举在手里使劲按了一下。

"嗒——"小喇叭的声音虽然不够响亮,但是大家都听见了。

"嗒——嗒——"老张又按了两下喇叭上的小皮球。

　　所有的目光都转向老张。

　　学智对同学们说："这个小喇叭也是车铃的一种，是民国时期生产的，由红铜材料制成，音色就像小号一样。"

　　老张给学智的介绍鼓掌。

　　"你怎么会有这个小喇叭？"学智紧紧地盯着小喇叭。

"学智，你还记得吗？这是当年你爸爸自行车上的喇叭呀！"

学智的目光从小喇叭身上慢慢转移到老张的身上，他使劲地盯着看，他久久地盯着看，仿佛要看出老张脸上的岁月……

"立平——是你吗？"学智忽然走上前来。

"学智，我是立平呀！"老张一把抱住了杨学智的肩膀。站在一旁的冬梅激动地流下泪水。同学们也一起给这两位久别重逢的朋友鼓掌。

第十三章

唤醒

　　杨学智一把拉着老张走到一个台子上，他大
声地对同学们说：“同学们，这位先生是我的发小，
我们一起上小学，一起上中学，他是我最要好的
朋友，名字叫张立平。”

　　老张心中有些不安，他的心里还有那么多抱
歉的话要和学智说，可是学智却这样热情地介
绍他。

　　学智举起了那个小喇叭样式的车铃，接着说：
“我要给你们讲一个关于这个车铃和一个傻孩子的
故事。有一年，开学的第一天，这个傻孩子兜里
揣着两块五毛钱来到学校。这个钱是当年小学的
学费。傻孩子家里很穷，凑够这些钱是很不容易的。
这是傻孩子的爸爸每天骑着自行车挨家挨户送煮
熟的蚕豆挣来的。上学的路上，傻孩子看到路边
有人卖这个小喇叭。爸爸的自行车铃被人偷了，
他骑着沉重的自行车老远老远就要对前面的行人
喊：‘劳驾劳驾，借光接光……’看见这个小喇叭，
傻孩子就想，多好看的小喇叭呀，给爸爸的自行

车买一个吧。小喇叭要价五毛钱，傻孩子就买下啦！为什么说他是傻孩子呢？这是交学费的钱呀，怎么能买车铃呢？"

大厅里很安静，在场的孩子们虽然不太清楚五毛钱在那个时代的意义，但是他们都被这个故事吸引住了。

"傻孩子来到教导处，伸手交学费的时候，才发觉自己做了傻事，现在想起来简直是不可思议，可当时就那样做了。要不怎么说是傻孩子呢？

"收钱的老师说：'学生，还差五毛钱呢？'傻孩子一手举着两块钱，一手举着小喇叭，哭了起来。

"收钱的老师误会了，摆摆手说：'学生，车铃不能顶学费用呀！让你的家长再带五毛钱来……'傻孩子这才知道闯了祸，傻傻地站在教务处的门口。

"这时候，有位大婶走进来，她是傻孩子认识

的同学的母亲。傻孩子对她说了事情的经过。大婶说：'傻孩子，怎么能这样糊涂呢？'

"傻孩子举着小喇叭说：'大婶，这个给您，您给我五毛钱行不行？'大婶摇摇头：'孩子，五毛钱学费我先给你垫上，回家你告诉家里，再还给我。'傻孩子哭着说：'我不敢跟爸爸说。'

"那个傻孩子就是我。大婶给我垫上钱，我交了学费。大婶拍拍我的肩膀说：'孩子，什么时候敢跟爸爸说了，再说吧……'

"回到家里，车铃安上了，爸爸很高兴。可跟大婶借钱的事情，我不敢说……家里实在是太穷了。我一直想说，一直没敢说。这件事就成了我心里的一块石头。

"再后来我们搬了家，可是这件事情总也忘不了，我特别想有一天当面还给大婶钱……"

学智忽然指着老张说："同学们，刚才我说的那位借钱给我的大婶，就是立平的妈妈。"

大厅里开始传来同学们议论纷纷的声音。

老张听着学智的故事，心里一阵感动一阵心酸，他已经影影绰绰地意识到学智说的就是自己身边的故事。当学智说那位大婶就是自己母亲的时候，他不惊讶，只是感到一阵温暖。

他走上前去，抱住学智的肩膀。两个岁数不小的人拥抱在一起。那一刻他感到无比轻松。他觉得学智说给他的话似乎就是他要说给学智的话。

大厅里响起了孩子们稚嫩的歌声，由小变大，从模糊到逐渐清晰。

记得你的微笑，

让我舒展眉梢，挺直了腰，

记得你的牵手，

帮我度过春寒料峭。

秋天呀！我们有个约定，

无论你在哪里，

第
十
三
章

唤
醒

当肩头落下金色的雨滴，

那就是感谢在向你报到！

2017 年 4 月 2 日

2018 年 1 月 29 日再修改

听见花开

在物质匮乏的年代，在手机还没有这么"疯狂"的时候，我们似乎珍惜每一件用品：一支笔、一个小盒子、一个小本子……那个时期长大的孩子，哪一个书本里没有几枚晒干的金黄色的银杏叶？那既是书签，也是对生活、对美好的怀念。把这些物件收藏起来，心里就觉得"有着有落"的。

近两年来，共享单车铺天盖地。满大街都是什么小黄车、小橙车、小蓝车的。随用随取，非常方便。现在成长起来的青年人，因为没有过属于自己的自行车，因此可能对这些车没有什么感情。可我们这些过来人呢？那些以前和我们朝夕相处、默默地为我们的半生做出过贡献的老自行车都到哪里去了？我们不应该纪念它们一下吗？不应该怀念它们一下吗？那里有多少我们的往事，有多少我们的记忆……仔细一想，其实纪念它们就是在回忆我们自己。

在我五十岁的时候，我的自行车不用了，我突发奇想——想给我的自行车搞一个告别仪式，当时只是个想法而已，但是很认真。随着年龄的增长，我觉得我当时有点可笑。但是一年前又想起了，我忽然觉得那是一件非常可贵的事情。

《金雨滴》写的是我对自行车的怀念，其实也是在写一个人一生中的悲欢离合、坎坷起伏。在故事里，写了感恩，写了救赎。我在感恩自行车的时候，实际上是在感恩自行车后面的人，是在感恩生命！

有一次，我到一个小学讲课，操场上坐满了同学，当同学们快要坐好的时候，老师从远处领来了一个看上去四五年级的男孩，坐在队伍的右前角上。他显得非常瘦弱，像个特殊儿童。我始终关注着他。

讲完课以后，我走到他的跟前，想安慰他一下。我把他抱起来，发现他非常轻……我们一起照了

后记

相。我说："孩子，有什么要说的话，跟张老师说一声，没准张老师可以帮助你。"

他说："有那么多人帮助过我，但是我的身体有残疾，我一点也帮不了别人。我希望天上能下一种金雨滴，当我要感谢谁的时候，那个金雨滴就落在他的肩膀上。"

当时我心中一动，这个孩子的能力非常有限，但他居然有这样美好的愿望，实在是难能可贵！"金雨滴"三个字就这样深深地印在我的脑海里，成为我感恩的代名词。

我们的一生可能经历很多事情，做过好事情，也犯过错误；得到过别人的帮助，也帮助过别人。每个人都有纠结的时候，因此，无论是成人文学还是儿童文学，复杂性和丰富性都是作品的魅力所在。

"救赎"是我这部小说里一个沉重的但是很重要的主题。我觉得一个人的一生要活得有意义，要活得像一个人，要有尊严，还要给别人尊严。当你伤害了别人，你感到不愉快，或者陷入深深的自责，这个时候也许是你人生最值得尊敬的时刻。

今天，大家经常丢弃一些东西，有些是物质的，有些是精神的。有时候这些表面的丢弃，实质上是在丢弃我们宝贵的情感和初心。

不要丢弃它们，把它们收藏在你心中一个秘密的、安静的地方，它会让你感到充实，让你时时都能听见流水与花开的声音。

图说自行车

1970 年，法国西夫拉克制造的"木马轮"小车

1817 年，德国卡尔·德莱斯制造的可爱的"小马崽"

法国米肖发明的像三轮车一样的自行车

1885 年，英国斯塔利设计的高轮自行车

1912 年，德国蓝牌自行车（末代皇帝溥仪的第一辆自行车）

永久 13 型锰钢车

飞鸽"28大杠"

街边整齐排列的共享单车

注：附录中的部分照片拍摄于霸州中国自行车博物馆，特此致谢！